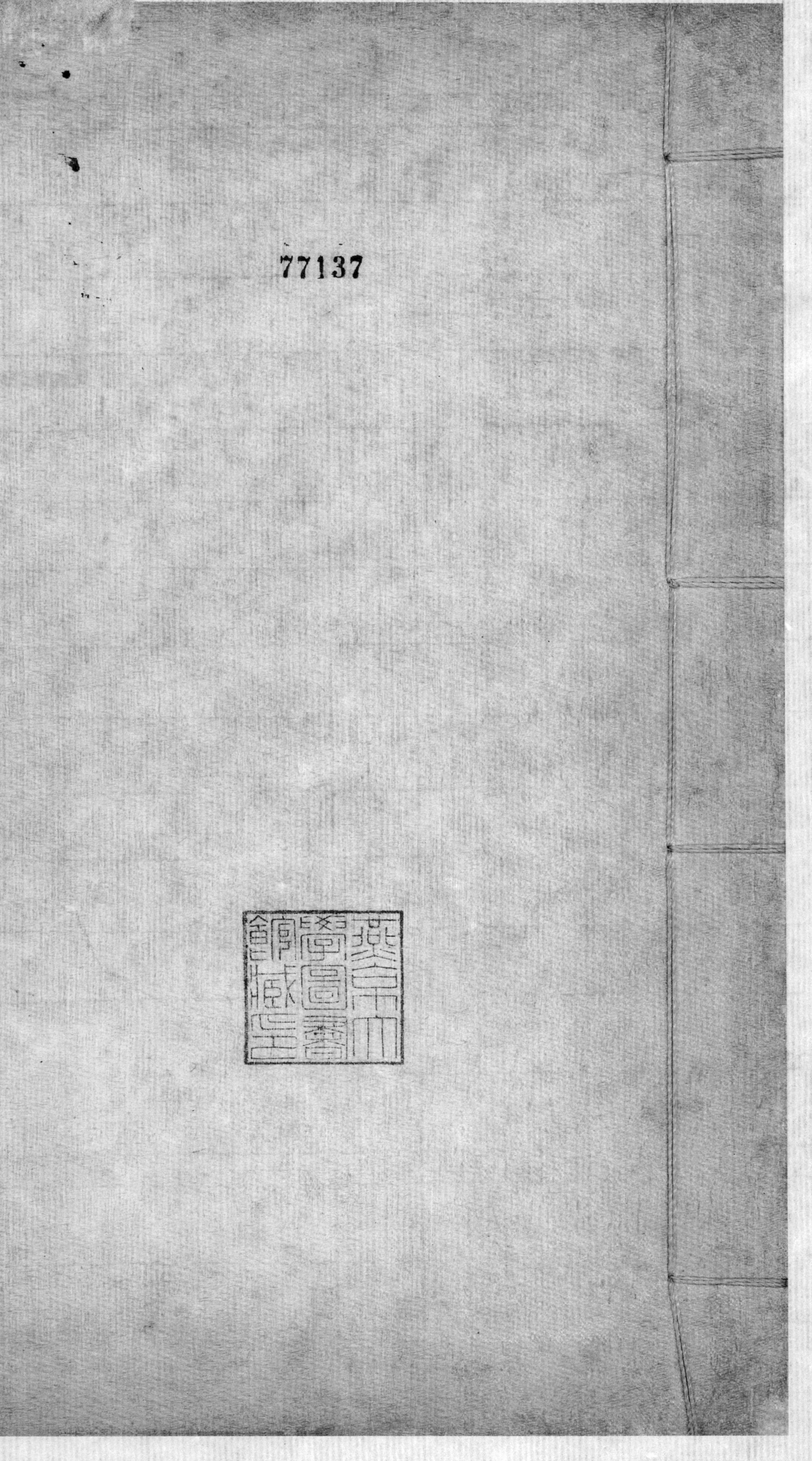

林屋集卷之三

山人蔡羽著

秋日山中

蒼山抱江長秋氣日夕清古閣浮空濛猿嘯陰風生
石房俱玲瓏出入烟霧輕花從潭心發松向琴中鳴
林開樂遊苑日落白下城有約暮不來睇望傷我情
昨日掛冠處岩深翠雲薄頽喜璚樹香已見丹楓落
天空楚江碧秋爭淮甸廓宛轉林間磴虛無霧端幕
微遊出形外始知向來錯五穀不殺人玄酒淡可酌
何用飾羽毛終身受籠絡相逢俱自然無奇亦無偶

長爲岩中主免取世上憐朝霞云可飡況有芝朮田

春夜别友人

晚山橫酒馬蹄輕寂寂都門獨聽鶯閣上花枝驚夢短雨中春草伴愁生江窮吳楚東流壯曲盡巴渝雙燭明不是新年無柳折長條留取繫離情

防秋三首

小種時傳箭龍沙戍未歸塞雲懸武帳漢月照金微猿臂能連射烏群屢冒圍驛書頻獻捷萬乘正宵衣

降王千帳入一夜過平城角斷仇池月弓膠細柳營將軍休躡跡幕府早交兵鹽澤西邊國齊呼萬歲聲

循聞胡夜獵漸近白龍堆昆莫新開府單于舊築臺戍樓三月火塞曲萬人哀馬上蒲萄酒遥從葱嶺來

九日登樓

昨日風塵隔路岐今朝山色與人宜房前翠已重松影霜後花猶拂酒巵落魄江湖應不悔寄情文字豈求知三年不作登高會醉插茱萸任帽欹

蝶

不畏花房密常嬿葉露繁合歡如有待浪迹豈無恩素女釵頭影妖姬扇底寃王孫芳草綠未肯棄殘暄

鶯

遠江轉龍城水殿明常恠秣陵多紫氣遥從仙掌望
金莖秦淮日落寒潮起南浦芙蓉鏡裏行

孝陵篇

昌期不屢逢元氣難融結如何五百年不見旄頭滅
天不生聖人讐耻何時雪鍾山何嶢嶢江水何滔滔
巍巍黄屋青雲高熊羆万竈封虎牢上有日月精下
有龍鳳穴金銀生紫氣嵐靄飛英烈　神宫八月
松栢清雲中玉樹寒風鳴九原碧火羅陰兵衣冠月
夜時遊行長除咫尺是　天闕行人下馬心營營
中華氣始長五岳添輝光衣冠獲尊崇子女生馨香

生民再粒同禹湯玄圭錫命功無疆百蠻朝四靈出
舞朱干芳皇路謐時邊縶歲豆馨五百環珮朝
神禍朱紘王輅常如生祠官駿走多虔誠橋山草木
偏光榮

靈谷寺

車繞碧城樓雉轉山藏瓊宇殿門高岩光滴酒竹邊
磴石澗安琹松下濤畫壁生霞秋良杖江蓮含秀晚
明袍身遊絕壁憂風雨萬葉凉蟬迷北阜

赴朝陽門望禁中

鎬京元是舊封疆　紫禁重重鎖未央畫角常吹城

誰家紈扇碧舊畫網虫昏侍龍曾羞日承宣不避暄
月輪空自妬秋思巳難言錯認桃花影斑姬點淚痕

村舍

春水明沙鳥斜易鋪緑茸墟遠笛聲亂峯高霞影重
飲謀青澗竹坐記碧壇松莫道山中靜鸎啼樹樹濃

蘿菴翁竹圃

靜樂遵幽瀆美栽相厥土槃彼澗之阿淇上詎足數
青瓊琛丘園靈根潤玄圃開葉翠幙張陵梢匣琴鼓
竅鞬凝水霞敷芬集山羽鸞群與水鷄求偶或鳴子
孤虛隱翁性曲突柯間戶寐寐遠市朝蕭蕭日環堵

啖玉不知瘦洗耳良自苦華裾羡投簪軒冕慕龔距
潜形久許潔遥謝竟莫侶秋商每陵節京月亦不沮
晨謀無請謁遲遲得宴處小子仰清風時叅側談麈

春日虎丘

名山正與官城近遊女朝朝朝佛壇桃花隔竹飛紅
雨滑絲牽粉入雕欄金尊落日江南遠瓊井流香法
水寛我欲著經留歲晚生公明月逼人寒

秋日

清秋山色爭簾櫳八月芙容滿鏡中醉任朧雲連海
緑愁禁楓葉接天紅蓑魚好伴鴟夷子飲水無如桑

斧冰不遑炊齧雪難療飢天荒弓膠折地鹵陽失輝
猛士出萬死冐突開重圍豈無室家願王事在邊陲

送師勤弟避暑法華寺

只指遥山已自奇況聞樓閣在空虛松門不斷緑潭
影澗道潛通白鹿車種朮不須謀穀計乗霞亦著養
生書凉風日日吹瑶草擬待秋高一曳裾

蛺蝶篇

西園蝶叢叢映花葉十五佳人二八妾鴛鴦帶長芳
草貼妾面如花步輕捷粉蝶紛紛上眉頰長安踏青
天氣和千叢萬叢情緒多踈得遊絲落釵翠牵來草

露沾衣羅游絲亂草露長美人欲行空斷腸緑潭紫磵廻花房銀錢瑣碎雜柘黃飛入桃李花落地亦成香花落留臙脂蝶香無斷時相邀入羅扇起舞嚬蛾眉蛾眉轉低草轉碧日暮江天欲何適梁園應有未歸人章臺豈少思家客思家未歸春已殘悠悠蝶蛺空合歡芳草年年成永嘆

樂遊苑

春河流春草生昔人歌舞今人耕鍾山紫氣日夕来金城十里飛華英水近温泉殿園香貫赤縣樹染北湖烟寒碧浮山川瑤池正在鳧雁中阿房閣道生青

連太極野雉麥上飛鴛鴦出蒲間蓬生狹斜中日暮車不還車不還其柰何西園遊子傷心多

清凉臺

清凉寺裏清凉臺交巖互磴青崔嵬楊子江邊白鷺洲白雲紅葉長悠悠都門蓮巳落蟬聲滿城郭躋跳丹霞端乾坤忽開拓覇陵黄屋翔青雲鍾山紫氣何紛紛秦淮水接建章宫銅溝亦與寒潮通層樓累閣分朱邸主第侯家相對起瓊臺砌斷金沙路鞦韆亦在青槐裏翡翠常啣蘇合香鴛鴦只浴臙脂水鬟華轉傷心今古多升沉六代旣冥漠南唐亦安尋水晶

宮殿野棠開千門萬戶生秋陰四望何悠然忽建城頭羽帆從采石來烟分歷陽樹遶川動霽景碧草滅江渡衘杯不盡江南情與君仗劍歌昇平日暮關門一鴈横

擣衣篇

夜迢迢草白露寒衣未曾絜碧杵白玉床桂花新水香長廊曳縹踏月光莎鷄出戶螢入房金井梧桐生夜凉凉風起聲轉促繡閣璚窗滅紅燭悽悽玉關情秋來亂心曲亂心曲其奈何銀河咫尺愁風波何况桑乾道路多

[illegible]族死中何事獨優閒曾有奇功在簡竹騰天門步月窟一日萬里蹄不蹶絕崑崙破突厥口銜可汗頭來朝建章闕天王為舉萬年卮清涼殿前賜湯秣朔方無事邊草青為留龍種間天庭十年對仗勞畫工臙脂用盡難圖形世之九方臯老馬不可輕為君歌此駿轉奏明堂和九成無令大宛獨擅名

秋日越來溪

十里橫山帶耦塘鷄聲溪上曉蒼蒼青蛾悄映荷花日屬玉群飛菰米香吳死樓臺今古壯越城簫鼓水

雲長范園最是秋光美甘蒴留人不論觴

塔院

超然到清虛雨䨼亦雜沓水鳥隔城來山雲出門合蒼藤古復今不復知僧臘懺悔十年誤更上一重塔

曉起

竹色衣全緑林光露未晞朧猨催夢曉塞月墮烟微別恨琹中語流年客裏歸悠悠花上蝶偏作合歡飛

早春五首

茅屋開門緑澗阿屋前梅樹石田多孤村雪後花初見正月湖南㴻未和兩寄隴頭書未轉近來官閣興

清江宛轉映村行咲指群峰看雪晴野籜製冠雲水
淨山花浸酒烟霞明天涯已動碧草色谷口初聞黃
鳥聲湖北故人相見少晚來空憶闔閭城
上日風清烟靄收長洲新水綠悠悠春回樹色流鶯
亂寒入花枝翡翠愁吳地月明人倚棹江村笛好晚
登樓歸鴻不待天涯暖早折紅梅寄隴頭
今年人日有花開羅浮春色雪中來仙山霞起天開
畫石閣雲香玉瀉杯可柰碧燈催節近不勝清吹送
人衰狂歌不盡滄江夜欲借吳王翫月臺

病馬

出塞常連歲功勞未易齊慣先應觔骨飛蹴太矜蹤沙餧驄文斷霜盤竹葉低月氐猶未滅舉首試長嘶

夜不收

夜不收邊疆兒能爲旃裘語還與胡紿欺穿垣直犯戎王帳夜行晝伏無定時立功取賞習死綏朔方無警急　禁旅充長隨南來邑　踔涉江淮愛尓飛熊驍健貧百年養兵非易爲慎勿優閒隳四支誰謂匈奴無子遺

鴈門斗

鴈門銅斗清且促朔風吹霜裂皮肉沙塲草高没馬

平羌曲聯鑣遊近垌

桑乾河

桑乾八月寒胡中射生早彎弦決封牛群氏醉眠草白登山頭熊夜啾胡人火獵無時休并州小兒慣厮殺夜半竊得丁零頭左手挼飛鳶右手挾雙矛馬上吹胡笳揚鞭入朔州嫖姚帳前交首級但問幾級能封侯吁嗟死士在邊不用憂

龍江驛曉發

朱門欲開猶未開煙花已簇鳳凰臺龍江棹歌天上去魚鳧春色鏡中來星流寶匣青霜劍栁拂長亭綠

酒杯白狗赤鷄何處去王孫原上起塵埃

梅月僊歌

雲冠兮霧裳綠幔兮清揚玉臺寒兮步夌霜碧月小兮離花房窈窕兮蟬輕往来兮電行雖光景兮可即與凡世而無情

長門歌

夜何長兮日何短月過秋兮恒不滿車轔轔兮西復東耿余心兮誰致欵金屋兮餘輝象牀兮故衣非朱顏之易凋柰君志兮蚤違啓羅幃兮鬱予香黛夢寐之來歸彼金石兮能通何迢迢於帝扉

贈華子中甫

愛我岩下雲且避秋陽赤潭空天鏡寒風過蕙光碧松竹長遯天相逢但梱犢知音不在絃人品貴出格山曛猿欲啼爲子掃片石

宴韓子承宗對溪草堂與劉時服

中丞高館舊公子翠屏開曲水當門轉飛梁夾樹來花枝晝吐艷水氣暖生苔樂意闌啼鳥閒情付酒杯醉來白幘岸時傍碧溪回夢得新能賦雲霞費剪裁

閒居

心事鷗應識天機雲自飛溪光寒上榻濕氣晚侵衣

帶雨蒸茶綠和烟採豆肥山家租賦薄無吏叩柴扉

秀州館諸先生學文

耆賢具典刑殊節風組冕雖乏寸祿沾天榮亦自朕
跂足田竇門迎希鳳音辯浹華屋中良苦非公便
所以丘壑情不爲鼎鍾眷淳風蕩後生侍來慙中淺

相逢

相逢疇昔人斜暮南山谷執予青青衿爲予拂面目
予衿不易執三載跂予蹴功名令人老岐路何反覆
今夕聊晤歌明晨車發速車促歌轉長臨觴意不足

見杏花懷吳下門生

此地得玄境樹中開綠軒坐來心自適爲我謝煩寃

晝靜不歸鶴林深疑有猿風花吹不斷誤墮佛前尊

春日思家

經旬不出畏春泥很籍風光上苑西江柳初摇客未

發山花欲落鳥頻啼故鄉頭緒愁中草野寺棲遲石

上梯暮色蒼然人倚閣秣陵東去白雲低

螢

不特垂聲促尤多熠燿明珠聯紈扇密星散綉帷輕

抱露如能泣緣書亦善行新凉喜到閣見汝寐難成

皐橋

五噫高士去悠悠紅欄千年映碧流我爲月明留不得主人臨別贈吴鈞

秋泉

子愛秋泉清況傍岩花滴魚遊日光中倒見潭上壁安得無機人同坐相浣滌白术朝露香紫芝秋霞熟石上瓊瑶花採來不盈掬道人開石門悠然在深竹童子牽白雲閒補緑蘿鈌窓近北湖寒烟光遠滅没松花浸橘酒吹笛待秋月金門白日開行人亂如螘不得公卿憐何由取青紫本乏入幕才豈能令公喜但撫千秋絃一奏磻溪水岩深免客猜月好無人爭

葺綵羹吸露還銜杯手中青藜杖一日遍丹壑不因溪上談詎識漁樵樂水火不死人真遊出大漠偶然逢玄鶴題詩寄北郭

江上晚來山

江上晚來山宛似五湖緑我行霜尚繁巳聽鶯出谷三歲桃李花天涯一何促非乏笙簧聲不解秦人曲長裾畏風塵握粟厭童僕携手倚檣雲扁舟未爲速霜蕭海岸碧雪映羅浮春沙揺短亭柳日暮江愁人山光轉鳳野月殿回龍津欲行不得行空食京華塵落花在遊絲此恨難具陳未盡花下杯且脫頭上巾

風光戀遲暮草木知别離白鳥啣紅芳時落筵上卮
綠楓動晚色紫竹揺夕陂彈鋏爲齊歌鼓枻發楚湄
回首建章闕斗轉横南箕烟霞此去深長嘯得所宜
朱門雖美魚不如蓴菜樂碧山歌紫芝白水細斟酌
金骨已夙成冊方豈須藥莫厭鶴書遲江漢隔衡霍
園綺本無求喬松甘寂寞尚嘗季孫禄何面見丘壑

婕妤曲

斑姬著擣素漢女無比才容華冠後宫花月還羞倩
君寵重妾心疑恩中隱怨不可知陽阿一旦進美人
構嫌造詛生分離舊花落新花開昭陽歌舞絃如雷

都門客未發不柰桂陽秋叢菊開何晚清江寒自流孤雲緑路細殘照出亭幽舉目悲黃落郊原無盡頭

贈陳希問兄弟

美人出華胄伯仲俱蘭蓀寢真服雅潔志烈辭復温顧我以世好欵密每獨援流徽問金玉纂組蔚貝璠八龍差池起九翼前後鶱揚俯念先子始信亡者存

出横塘

鷺啼吳苑鶖鶬静寒作春陰草色遥高低紺宇山幾寺遠近青溪花半枝叅燈巳叩松邊笈賽鼓遥從水上祠繡壁丹崖隨意宿梅洲蘭渚纜頻移

對月二首

月色滿輪好客衣今夜單光於鶴尾赤霜細兎毛寒白羽吟虚待青蛾怨自攢天涯有良友誰共把杯看

多少卷村笛猶嫌海嶠遲天邊烟已濕松下席頻移漏促金閨切秋連玉塞悲霜飛烏鵲樹啼殺墮城時

懷姜大本

交游閱世久道義百年真東鹿羨貞女生芻懷美人西山雲氣足東皐月華新吾愛姜肱屋春來好問津

觀瀾閣對金山

霧閣烟窓終日愛波濤四面使人愁扶桑早見朝陽

莎鷄就然鳴攬帶中座驚炎凉更相迭往者不暫停悽春慕良人誓節要聖明佳期雖屢失未泯耿耿情南山何崔巍豺狼暮當道前車已脫輻後徒將安造念彼青磵阿茂樹日環抱姑從一樽綠臨流聽猿嘯

由南峰入天池

入谷也須緣磵道乘高忽又度虛岑參差石勢雲行細寂寞禪關樹鎖深春日綺羅偏映水江南櫻笋自成林十年不到天池寺南北峯頭費遠尋

贈伍子疇中

莫訝幽居巷陌偏碧槐喧噪晚春天辟疆園香人采

綠楊子亭寒客卓玄座間紫氣曾看劒足下青雲先着鞭只任眞情定交羿濠邊高榻屢投眠

郭索篇

江稻秫黄五湖白鱸魚作風霜滿天吳淞江頭晚潮落郭索公子來翩翩戈矛森森螯足軒背負玄甲能橫牵吳人啖之不論錢瓊膏玉髓宜烹煎香橙作虀蓴作羹橫斜錦席相勾連金筐未啓先垂涎象著急喙臍峰堅玉壷相映傾紅蓮山人綠髮俱垂肩湖鄉無事茅屋暖今歲仍逢大有年杖頭縣得看花錢醉後橫眠桑柘田郭索郭索與爾長相結毋舉一斗贈

丹砂啄碧玉衣目輪果比禽族非芳洲不逐鴻鴈飛翩翩錦翼將安歸青山不斷闔閭城綠槐正夾韓公第南園藻井白日閒畫戟流蘇尚懸綴朱欄曲曲抱激流蘭幙深深護香砌爲爾掃畫梁開筵恣睨姿閒雅性服馴金籠俛首不畏人翠尾瘁鐵繫深向來或受虞人侵霞留孔雀屏風動琅玕隂鶯喧詫初見燕舞不自禁堂前欣得客花外想餘音中丞響未寂孝廉名已播不日朝　天闕將汝同稱賀綠衣賜號曾取憐中語秘宻敢浪傳他年再上麒麟殿愼勿多端忤　聖顏

王子履吉至館

書生小雲夢挂席拂煙光松下朝絃淨岩前夜語凉
薰顏石花早入饌野芹香共坐一庭草秋來猶日長

橘

林屋多仙圃眞柑十里香夜疑湖上火朝愛葉心黃
顆顆朱包蜜家家玉府漿能消茂陵渴不負洞庭霜
錫貢南方久輪租一月忙求嘉今遠避風味正難量

朝陟

夜戶集蟲聲朝曦布林影登高伐叢篠乘凉出墟井
雲端開丹笈松下冪金鼎寒士無相猜熱客不吾省

歲華莫道滄洲歸去近持梧看竹意無涯

與客山行二首

遵途難久逗去藪屢回顧塵鞅喜初蛻逍遥獲殊遇
天地既許大形端得無趣吁嗟終年忙容易片言悟
已向石上趺復共潭畔樹延佇遠山巔旋輿未云暮
晨裝念南山夕眺戀西嶺相見無宿期巖松藹逾暝
山空谷初鳴事往坐獨省靉靆昧前峰虚明屢潭影
子倦得無休余疲意猶耿丘壑勿固窮無猜即真境

林屋集卷之四

山人蔡羽著

古狂

際會雲鳳興乘時儁夫見弄丸解仇讐遊談巳征戰棄繻函谷關緩頰曲陽傳芒刄不易投玩狎赴機變奇蹤快前圖馨烈餘後羨皎皎功名徒黃金詎能勸

古貞

區區亦良勤去去何寂寞人情豈難諧天命有厚薄昨晨周廟膺今晨首陽藿不作覥面人寧憂腐丘壑旨酒令人酗長組自羈縛勿使金石渝千秋求卓犖

砌草香珠履林花濕翠纓不因公子雅得聽玉樓笙

磵底低回路峯陰復見花重重臺間錦步步石流霞

管促林中鳥燈移水上紗應劉今夜飲端在魏王家

釦砌亭亭别金鋪院院通洞深藏鳥翠藻煖躍鱗紅

杯染漣山色香含玉樹風西園名義久虚席我何功

夕樂翻新譜涼庭改玉厨水邊聯桂席月下傍霜凫

酬德情難已終觴意未殊中山今夜馬不避李金吾

春日鷄鳴寺

江南揚柳空青青江邊路好無人行不知爛熳花何

處空聽嚶嚶竹裡聲鍾山王氣連 宮禁臺城伴樹

觴春晴獨領風烟無飲興晚來吹笛最分明

報恩寺

朱雀航前路長千市上花玉城天邑壯金壁佛圖奢
寒藻盤林翠秋陰積砌霞遠公迎客處桂子落袈裟

懷舍中牡丹

輕薄東風燕子斜長安有客未還家燒燈不是春山
夜對月虛懷舊館花卧處小屏霞寂寞夢中芳草蝶
諠譁天涯物候關情極乘興思浮碧海槎

贈宋克貞

藝圃晨夜耕勵志終當奮聚螢亦太拙簞豆但推分

起披楞伽雪忽見荼蘼春蓬萊白銀宮宛轉在几格
天葩動物表霽色澄川陌鶴立千年松練掛一片石
古屋屏風青氷壺金鯉赤雞鳴楓樹林馬度梅花驛
茫茫五湖間未見范蠡宅悲歌對尊酒浮生苦行役

春盡與潘崇禮宿玄墓

春秋百藥消松柏獨含滋朝興指遠山山遠行者疲
旋崖御雲師飛鸞驂風騏諸天盡超勝次第迂館池
既藉檀欒綠復蔭三花枝出入兜率宮靜肅雲日眉
長煙引包山高攀歌紫芝山空紫芝老世遠丘壑卑
氷炎本殊境此地應付誰上士悟塵鞅浮豫及佳期

佳期容易失支公勿復疑載歷中條梯曳杖遲所知

晩眺

芳草無花落高樓見緑煙殘春餘客思霽色滿江天醉不堪絲竹愁難着杜鵑霞邊帆影盡歸心空日縣

虎山橋

初出山腹中復見水行處逶遲得平墟蒼茫急回顧山梁不爲高延攬自成趣風條薄林翠珍木接葉香前葩未及瘁後蕚重競芳朝遊屢過生霞石夜宿曾投松栢房從來不識銅坑面今日青青落吾掌上崦何明媚下崦亦清朗楊花飛飛青錦陂荇葉差差木

鑑湖昔稱絶何如漕湖月知章昔清望錢子今人傑躡虛歌曾深緣霞起突惚談經四面至載月中夜發予亦山中人邀期互出没安得遵桂丘梯雲扣瑶碣

雨中過馬禪

不到東林久穿雲覔皎然花開古瓶鐵樹合暮鍾煙屐齒愛蒼蘚吟筇因白蓮鶴歸僧定起細飲竹爐泉

投宿潘和甫

古社深藏屋谿舠遠趂人樹生東浦月雲宿小堂春已託師生分其如父子親燈花能報喜不厭客來頻

丹陽道中十首

今日山行樂相逢路不迷停車藉芳草沽酒洗春泥
野水舒紅藻晴光轉綠溪花香山店月連夕傍人棲
垂楊入狹斜春遊載碧車蛾眉學新月皓齒笑桃花
楚夢渾無據秦簫亦重嗟遊絲與燕子飛去落誰家
山月啣明鏡江流倒碧空晚宜溪館酌香得李花風
我醉轍自穩路窮林忽通迺來三百里只在翠光中
虹滅遠潭水翠搖寒磵松鐘山半天秀嵐光滴芙蓉
仗劔不能去結茅誰解從吟傍石門路難爲臨暮鐘
來雲如有待去草豈無情落日依山遠閒花引客行
回環雙嶠合彌望四郊平冉冉短亭柳沙明春服輕

環珮何年合茅山即會稽五陵分黛色南斗接丹梯
世外有玄學人間無碧雞不應虛寂地盡日送輪蹄
煙空緑未極金沙清可憐桃花春日思謝客月中船
短夢驚前路長遊媿昔賢都門雖美醞得似白雲邊
水碧菖蒲短煙青柳葉長山畫雙蛾黛虹度赤城梁
過輾猶憐色迴溪似戀香暮投人不識朝駕鳥同翔

甘露寺二首

踰嶺江形轉淩霞萬域開遠林朝有靄近岫濕浮苔
未覓雲中蕭聊同海上杯維楊煙火接白鳥鏡中來
犯露緑青磴迴巒控碧城鳥能隨客轉花自隔江明

燈遠猶傳塔堂空但吼鯨金焦兩點翠欲渡正潮平

靳師戒菴閣老北壽樓酌別

太保樓臺壯羣山遶入窻杯中興自足京口地無雙和氣能薰客清風直過江諸賢留戀地春日倚旌幢

寓樓春日

門埽長楊靜鶯啼巷陌同煙空浮午綠花成近樓紅海氣環天邑山形壯帝宫無邊芳草色日日送飛鴻

晏白氏園亭

何年開綠野碧若第淨雲沙曲水頻回凳岩房忽隱花寒香衣濕翠曉日洞生霞未出青槐道西園又送茶

寒香衣濕翠痕日洞生靄未出青煙逕西園又送茶

向平開綠野堂第淨雲心曲木嶺回猶若亮多隱茫

吴白凡園亭

海氣翠天邑山形出帘宮無邊芳草色日月飛過

門歸未掩靜鬱帝巷陌同煙空千縷花成近樓江

寓樓春日

和扇能眞客青風直過江春鬱話遊春日猶來啼

太保樓臺北固山連入遠林中曲自是京口地無雙

輔師城春閣未上蒹葭樓西到

濟遠猶傳塔堂空但說魚金焦兩點翠欲滴正中

鍾山石

天寒草屋小日暮又書燈傳語嘉魚使因君諸舊朋

東風動沙渚海浴帶春潮野路梅先發江城雪半消

王履以遺江論海浴

鳥怨花飛處杯嫌月到遲三眠楊足正是浴講時

變夜春歸去多情無計追遊須秉燭餘興獨臨池

春去

曹嵒最是朝霞滿明鏡終南不見兩百峯

曉風花分散王京秋黃河欲東公猶濟紅葉無多客

天涯憑雁到江樓下淸江日夜流宿浦憶深已經

天涯鴻鴈到江樓樓下清江日夜流宮漏侵陵白髮
曉風花分散玉京秋黃河欲凍公猶渡紅葉無多客
暫留最是朝霞滿明鏡終南不見兩眉脩

春去

謾說春歸去多情無計追勝遊須秉燭餘興獨臨池
鳥怨花飛急杯嫌月到遲三眠楊柳足正是浴蠶時

王履約遺江鱗海蛤

東風動沙苑海蛤帶春潮驛路梅先發江城雪半消
天寒茅屋小日暮尺書遥傳語嘉魚使因君滌舊瓢

鍾山石

行看鍾山雲坐掃鍾山石風光自旦暮杖屨得所適
夏木重重翠不見日光赤好鳥忽自鳴藤花落金舄
鍾乳寒流香芝之蕈晚可摘造化靜去來陰陽細薄射
六月無纖塵揮麈得無懌何如廣坐中束帶汗流客
青猿不避人遠掛千岩松北湖無風濤明鏡開芙蓉
東林梅雨歇落日雲際鍾天光既平淡物意俱春容
蓮花酒初紅荷鍤得所從行行溪復山不覺林谷重
七士稱曠達四老俱疎慵誰云鸞鶴遙茅蔣多仙蹤
頗聞白鹿翁近在碧霞裏吾丹參太虛不事琴高鯉
紛紛自消息此妙無終始山空白雲還水靜明月起

白露變作霜紅蘭委溪澗南方亦蕭瑟寒衣未縫綻
皎皎月中砧萬戶寒衣聲驅馳遠遊子不盡閨中情
潮枯九江落野肅神角鳴愁雲接白帝野火連東京
沙空鷙鳥下果盡狐狸爭杖錫不歸來長夜雙燭明
燭明情緒多燭滅愁未已哀鳴霜中磬漁歌和煙起
我欲賦牛角徒為齊人鄙始云懷沙過終抱卞和恥
周公不握髮祁奚尚疑子大樸得壽終束鹿非時喜
悵望五湖田盈盈只一水田落胡不休菊老思東籬
當年早自悔頭白免見嗤不覩墟里煙空賦田園詩
江深裌衣怯病骨老見欺遮莫西風酸木盡山何為

天高河漢滅中夜星斗移南飛好烏鵲與人分蹊歧
轉蓬今何夕對酒無相知相知自古難井渫爲我惻
明妃去和戎漢女皆失色黃葉掃寒城樓上月半昃
霜笳向誰訴關門已蓐食農家子粒香催我返故國
夏果謀冬培春菘隔年植妻子刈葵藿懸望脩黍稷
出入桑麻間尚有荷鋤力

石城曉行

白鳥依依朝不散蘋花渺渺水何長山頭隱見盧龍
觀江上空聞朱雀航客發獨憐尊有月秋高其奈鬢
飛霜關門令尹如相識應笑長裾歲歲忙

山自青青花自紅杖藜猶記昔從公西風一壑虛翁
仲寂寞無人祭馬融

前輩風流未可忘山雲猶自護　龍章百年華表無
歸鶴隴水潺潺繞白楊

永寧寺送陳子魯南春試

紅塵輦路閙金聲入雲微出餞愁鳴馬登高戀落暉
秋光生寶劒嵐氣濕征衣此後常相憶無令尺素稀

山房卧起

青山睡起當門立雲月無期忽自還燕子蹴來楊柳
絮龍湫飛出桃花間（有水出浴賢池）曲中顏色無人見鏡裏

風光攬鬢斑卧病禪林過十日江南春事去難攀

徙館

徙館臨丹闕南宮近酒家樽虛淮浦月鏡滿女牆花
作客長裾懶聽鶯御柳斜尚餘歌諷日物外弄雲霞

經主第二首

草入行宮緑花開舊館紅金枝香漸遠玉輦恨無窮
磵已無脂到山猶妬黛工叢叢原上蝶畱客立東風
古甃蒼苔斷寒渠碧瓦深燕頭猶掠鏡草纈尚同心
有井分宮路無塵接禁林百年恩澤盡惆悵沁園陰

王儀部欽佩見招

王儀部段屬見招

有半分宮路無塵樓林百年恩澤盡凋殘沁園陰古巷含宮衢奥来音元深燕頭循涼蹤草顛尚同心彌已無屆到山酒好燕工叢凉上蝶館客立東風草入行宮綠花開書館花金枝香衢遠王韓恨無窮

經王第二首

作客長安話舊遊鶯啼鄉坐尚餘歌扇日初外年年寒食徒倚臨丹闕南宮近酒家樽遠雀浦月遊滿女牆花

我韻

風光撩亂班班出滿樽林不過十日江南春事未堪誇

巖起叩山房問牡丹東林間道白猿去遠公蘭若碧鷄殘坐來亦與禪相涉靜撫脩然竹萬竿

秋日涵上人房

雨後山如玉寒潭映若空竹懸南澗緑葉綴北林紅曲徑迷游客尋花問住童長明燈下榻頗憶坐来功

懷顧全州

憶别長沙客猶驚帝里塵霜飛兩地月草暗百蠻春舊賦傳鸚鵡新詩得素鱗東歸紅日近直道豈難伸

促織

秋山見末銳涼風忽滿林衡露悲空砌隱壁伴寒砧
落月關城恨明鐙歲序心此時梳白髮鏡裏幾莖侵

夏日虎丘

新開石閣紫芝香遥見松杉隱碧房竹裏鶯啼方日
午山頭人坐聽泉涼傳來貝葉翻經古掃得岩花鬭
名長直北數川當檻白晚來帆影轉微茫

陳磬泉官舍

疎軒緑雨静官舍青苔深談間朗高誼形外冲虛襟
初疑市城迂轉怪竹樹侵知子水山抱慙愧不能琹

逢潘子

妙用眞無迹高懷未易論白雲相見好聊共宿孤村

小雨

曉禽啼不已碧雨落黃梅炊煙不出户山雲常隱雷軒開懸草木琴至掃莓苔把酒一臨閣波光晩霽來

碧峰僧房

啼鳥古陵道來尋開士家江亭蟬噪急山照馬頭斜碧草經秋變丹霞映酒嘉曾聞忘意文何事具袈裟

曉發

檜檝乘空鏡裏歸藕花如雪水雞飛星分島嶼連炎海雲作樓臺隱翠微蟠叢巳老新麥近桃源常感故

蹊非千層岩底安兔夢蘿薜成錢好製衣

春日溪上

開門忽報春鴻去夜雨初聞百谷香月影伴人寒不厭花枝到酒老渾忘靜中蘋藻知魚樂幽處房櫳覺晝長正是車塵不到處但聽漁父荅滄浪

春日

山空澗落遠送客出林遲寂寂花無語纖纖月有期筍香知雨力田緑近農時春日風和軟輕裘稱杖藜

贈治平華公

匡古紫藤錯林深碧雨寒春分蓮好種土暖竹堪飡

下聽音閣

汴苑蒸霜發面來拂柳陰喚鶯何處覓題詩亭皋

蝴愛春江綠迷拂宮樹青谿因明月向來問白門寺

後城橋南北

前光應接軟後華漸登堂不忝霜枝咒思君路轉長

開國知王秀人遂受蘭香京邸釜茶靈首洲萍鎖囊

寄未蒼官

花已水中沒蟬應葉底鳴高眠比樓台綠逼五湖田

風雨夜不已山光晴客來松花萬象擬荒引人後迴

閣上

閣上

風雨夜不已山光曉寂然絃清萬壑趣杯引八窻煙

花巳水中發蟬應葉底鳴高眠北樓暑綠遍五湖田

寄朱希直

開函知玉秀入室愛蘭香京邸逢茶竈滄洲載錦囊

前光應接軌後輩漸登堂不奈霜楓晚思君路轉長

後城橋南汎

烱愛暮江綠遥憐宮樹青郤因明月舸來問白門亭

花岸蒸霜發魚梁拂柳腥歌聲何處覔翹首建章星

下觀音閣

日出石頭紅掛帆天鏡中蒼崖立翠閣秋水見青空
久負北山鶴慙隨楚澤鴻放歌煙際闊濯足大江東

江上別友人

萬里峨嵋月三春梁苑花相逢一杯酒揮淚說天涯
慷慨短筵促辛勤前路賒渝州新曲怨空使髩生華

曉晴

曉晴初出戶杖策聽鶯聲徙竹能消日尋花不計程
經春青路合過雨碧天輕今日山行樂停杯待友生

上真宫

曳策聽啼鳥桃李隱仙家樹影籠寒磵川光接晚霞

宿治平僧房

寓出金山興機動建溪明石[illegible]客不來屐上綠苔滑

新木循除鳴春盡桃李發宿雨王川谷解我茂陵渴

煮茶

竹裏高齋遊車前路轉斜園田有美土謀種邵平瓜

澗上開青壁窗間織碧霞崖藏巖谷古樹間今花

北遊

經綸雲不尋長笛月無邊無客題詩亦今湖上天

一林野自變萬物幾成殊獨坐山花笑開淵汐息圓

入日夕香樓

野仙林書影贈顧愚遊先生

徉月常虛沛因風一灑禪宜然無處地忍自手幽會
不畏深流曲來歎佛院深春遊花璨曲千樹竹亭陰

讀大雲菴

中京歸食南遊客浦客相逢無兼但許杯
盡青聲遊人去不回鸕鶿自發火半高鳳凰空演毀
姑蘇臺前細雨來西番洞口百花開春宵纖盡繡瓏廣

春夜宿寶川

識海知前路去梅喜夢況哀蓮陣草發田迷樹蒼含
古寺雲深歸路遲夕陽天露暗花暗見竹與月歸舟

嗚賓不歇盡說蟠桃子初結嗚呼顛翁今地仙身披五花裘緑髮垂兩肩醉翁長生酒爲翁歌青天滿堂玉樹勝藍田坐愛枝枝生紫煙

送方儀部

城隅屬新爽江介有別葉攀斷西陵桂悽凉暮江涉美人欲何之持觴屢悲咽緤組趨承明束帶侍華軒步頓青雲端展對當象筵番名壽千古得意取片言豈虞岩穴士懷春不能宣行行湏努力緬瞻極南北

感事二首

青山亂黃葉把酒對霜空沙鳥飛轉白磵花寒自紅

索居絃不語引領意無窮忽報宜房後猶驚日暮鴻
夢見人何近邀尋路轉遐座中花易老江上笛堪嗟
亟闘真無爲蟬鳴忽自誹孤節今夕醉吟輿到天涯

春日

曲水花齊發平郊草色迷緑衣籠闘鴨金距飾晨雞
桂檝浮仙妓蘭洲濯障泥江南好深竹春日幾鶯啼

至舍

菰米早從溪上熟沙鷗何必雨中還三間卜居憂已
甚五揆飯牛心獨閒不礙小車來柳外但隨幽鳥入
花間客來漉酒捜魚鼈秋月團團海上山

車前緑草暗遥空山上殘霞積石紅但問袈裟幾時滅不須重嘆舊行宮

繡嶺岧嶤上碧天山河圍繞幾重煙雙池紅藻臙脂冷常與遊人看月圓

芙蓉篇

林花紅紫上巳前水花氣暖多炎天芙蓉未必無顏色日暮江頭空自憐金風瑟瑟歇芳樹玉肌纖薄畏寒露洛神魂魄水晶宮偏從凉冷生嬌妬擬採月中香愁見裙上霜清歌溪中女打槳鴛鴦莫翦紅雲貼碧紗常憂鏡裏銷丹霞錦心不待傳書鴈處處臙

脂浮落花

感懷十首

雖宿主人門無由話高趣滚滚白首交未若片言遇時尚何難諧包羞多城府耿耿烈士心皜皜孤臣素皇皇飯牛歌戚戚扣心愬本乏緣高才敢冀千里附莫倚孟姜妍入門起讒妬眷眷行間影相看喜如故皎皎白日光大道同照臨姮娥綺樓女解識古瑟音佳期感千載四海思獻怳狂風多埃塩鄭樂鳴洼淫坐令光景改回易好惡心慷慨梁甫吟今古流怨深耕田三十年恒苦蒗莠多種豆南山下荒落奈歲何

樂淳緑行合樂歎所知匪石不可轉素絲安足悲
今日辰亭又韻聯詩酒從華實鑾紛數魚鳥無情說
相思無緒柳宇波淚空積延佇江上亭亭草萋又悲
念此明月光向酒難重持幸無鱗魚素時開讀相思
去夏蒔花發陂暑朗歷茲今年蓮葉黃醞坐語樂也
河深尚可踰高山猶可夷如何同盟人隔千不可期
有觴酬者知無功得虛痛多栖千秋名長留樹標格
昔人學浩難今人笑參譯顛歎祢蓬萊秋風孤安適
昨日庭前丹今晨露草白虛世易如寄暗古多役
田家酒新緒蕭靜瀰天頃千家醞長古風出迥纛

田家酒新縮菑精屬炊飯行行溪磵長抗儷出遐巘
昨日庭柯丹今晨露草白處世忽如寄營營苦多役
昔人嘲范睢今人笑蔡澤顧歎孤蓬根秋風爾安適
有錫酬素知無功愧虛席勿恤千秋名長當樹標格
河深尚可踰高山猶可夷如何同盟人握手不可期
去夏荷花發陟暑親歷茲今年蓮葉黃獨坐臨華池
念此明月光卮酒難重持幸藏雙魚素時開讀相思
相思無終極字滅淚空積延佇江上臺原草萋以碧
今日辰序良親暱臨廣坻華實鬱紛敷魚鳥無猜疑
檀欒蔭綠竹合樽歎所知匪石不可轉素絲安足悲

自愛終、無悔佩紳庸詎遺皎皎白日光同聽酒間辭
送子出北郭露白蒹葭長水寒秋草肥策馬即戰場
俠客重功名意氣輕家鄉玉顏一心人白首不下堂
念昔辭難陳歃酒不盡觴一日如三秋末言成參商
月落樽不空殘星猶歷歷申旦雞初鳴堂上鼓鍾擊
鼓擊歌轉長歡樂殊未央宴終還稱壽客發重競觴
相逢不輸情虛戶燈燭光常恐炎熱變玉樹悲秋霜
棄斧弄漁竿風波生愁顏領會臨淵意豈若但故山
松栢蔭兩崖飛蝠走其間上有三青鳥下有千澗灣
曾居宵晝明瓊樹冬、夏斑無心醉鍾乳石爛俱忘還

啣杯若有待撫絃意不足諸豪醉後俱臨池彤簫絲

絲白日遲江南採蓮天氣凉南風吹折藕花枝碧梧

欒兮客將安之

晉卿孫餽鱘魚

之子風流遠嘉魚使重勞光生銀甲細豊愛玉冠高

橙緑香彌徑楓丹晩映袍葛巾堪漉酒終日醉蓬蒿